Doce cuentos
y algunas
cartas de
amor

Patricia Richkarday

Doce cuentos
y algunas
cartas de
amor

Patricia Richkarday

ola
PUBLISHING
INTERNACIONAL

ISBN: 978-1-63765-235-0

Hola Publishing Internacional
www.holapublishing.com

Impreso y encuadernado en los Estados Unidos de América

A mi familia, que, con ilustraciones, correcciones y asesorías tecnológicas, me dieron su apoyo incondicional, especialmente, mi hija Paty, quien nunca dejó de creer en mí. Durante el 2020, sin salir de casa, como el resto del mundo, ella me puso a trabajar, dándome la oportunidad de conocer una nueva familia, Hola Publishing Internacional, quien dio su visto bueno para publicar: *Doce cuentos y algunas cartas de amor*. Gracias a todos.

ÍNDICE

10

RASCACIELOS
DE PAPEL

Tocabas al piano, Adelina, la noche que nos conocimos. Yo escuchaba la música y miraba la lluvia de luces color verde olivo que bajaba del techo del bar.

Como si pudiera nadar, me arrojé en el interior de las luces de tono infinito. Era preferible meterme en ese tintineo traslúcido e intocable que ahogarme en mis recuerdos. Esa noche me sentí una niña que sale sola por primera vez.

Estaba instalada en una mesa frente a ti. Al tocar el piano regalabas sonrisas mientras tus manos se deslizaban sobre la melodía, en la que yo escuchaba la eternidad. La distancia entre tu música y mis pensamientos iba evaporándose como el agua, o como el tiempo.

Te oí decirme: "¿Se imagina qué se sentiría conocer a Jesucristo?". Tu pregunta me sonó como el teléfono de mi casa. Contesté: "Sería muy hermoso, pero eso es imposible". "Ni tan imposible, ya hubo quien viajó al pasado, sólo que se perdió en otros mundos", dijiste. Quise contestar algo interesante respecto a viajar en el tiempo, pero sólo atiné a decir: "Qué pena".

Me escondí en el dorado transparente del vaso de brandy que tenía a mi lado. Pensé en lo diferente de mis días monótonos, donde nunca ocurría nada. Pensaba en esos días y en la noche que estaba viviendo cuando escuché de nuevo tu voz.

—¿Conoce este tema? —me preguntaste y sonreíste.

Luego reconocí la melodía en el reflejo de las luces.

—Es el tema de la película *Algo Para Recordar*.

—¿Le gusta? —preguntaste, perdiéndote en la ondulación de tus manos; tu rostro se transformaba en una expresión de lejanía, como si escuchara el llamado del barco que está por partir—. ¿Vio la película? —agregaste—. Se trata de una historia de amor de Cary Grant y Deborah Kerr. Ellos se conocen a bordo de un barco que va a Nueva York; en el viaje se hacen amigos, luego se enamoran. Sólo que ambos van a casarse. Es una historia triste —dijiste muy serio—. Cuando el barco toca puerto, los amantes se hacen la promesa de romper sus compromisos y esa misma noche quedan de verse en el rascacielos más alto de la ciudad. Él está esperándola en el mirador de la torre, pero ella es atropellada por un auto y ya no se encuentran.

Te miré por primera vez y vi en tu cara el dolor de aquella desgracia. Tu música se volvió tormentosa, pero al mismo tiempo seguía siendo muy bella. Resultó imposible dejar de mirarnos. Mis días planos comenzaron a perderse. Miré tu mundo a través de tu mirada.

Dejaste el piano para sentarte a mi lado. La noche pasaba inadvertida para nosotros. Yo escuchaba las cosas que me contabas: recorrimos los albores de la historia, desde Poncio Pilatos hasta la muerte de Hitler, y, aunque nunca nos habíamos visto antes de esa noche, nos permitimos soñar con un futuro paralelo. Casi en secreto me dijiste que yo era un regalo para ti. Eso te recordó la novela que escribiste hace ya muchos años. La compartiste conmigo. «También poeta», pensé. Hablaste de Falio: un hombre aventurero del tiempo, buscador de Dios y del amor. Viaja por los siglos sin poder encontrarse con Jesucristo. Eso lo hace dudar que haya existido Dios. Al término de uno de sus tantos viajes se dio cuenta que una mujer siempre ha estado a su lado. El sólo le regala una rosa roja. En la última página Falio, ve de nuevo a la mujer, entonces comprende que Dios ha estado con él. Hombre y mujer se besan sobre el pétalo de una rosa roja. Pensé en el romance etéreo sobre el rojo de terciopelo.

Fuiste de nuevo al piano a inventar las notas de esa historia de amor. Dijiste que el piano sonaba como una caja de música, y era, en verdad, una caja de música. Entré en ella con tanta facilidad, a perderme en tu espacio, y fui a encontrarme contigo para continuar nuestra historia. Me recibiste con un beso y me regalaste una rosa.

Luego de haberte besado te alejaste del piano. Las dos de la mañana es la hora en que cada noche dejas el bar. Con tu saco en la mano y la partitura doblada bajo el brazo te perdiste en el interior infinito de las luces de esa noche. Me perdí en el tiempo y, con la servilleta de papel que tenía en mis manos, armé un rascacielos.

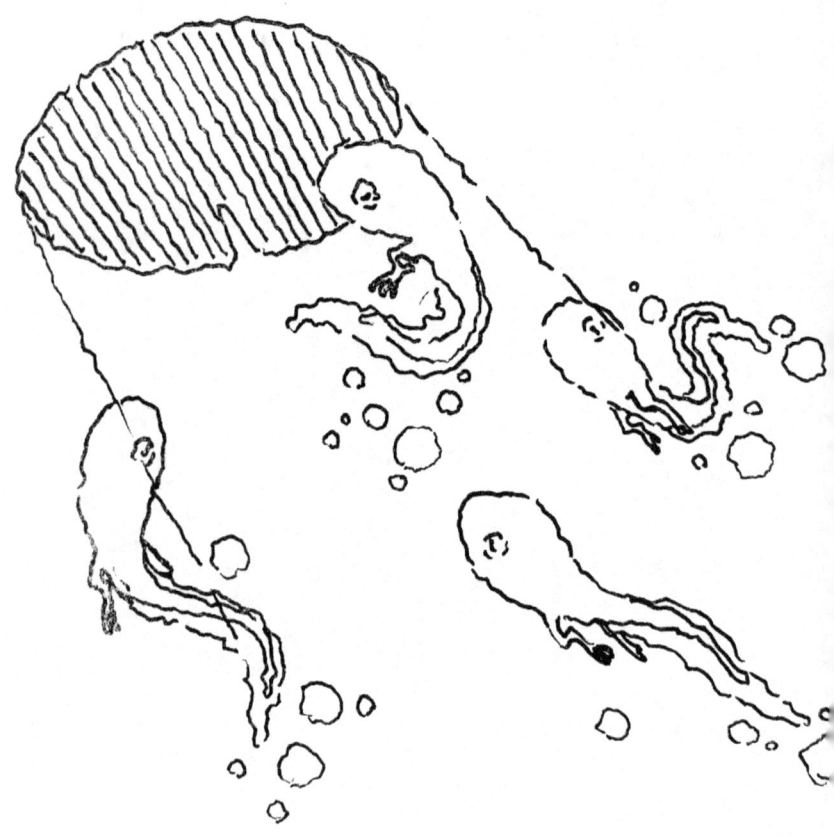

UN LUGAR PARA VIVIR

Millones de tipos como yo acabábamos de ser líquidamente expulsados hacia un túnel. Atónitos, nos sentimos arrastrados sin saber qué hacer ni qué decir. Al cabo de un rato comenzamos a reír, pues al vernos unos a otros nos causó risas observar nuestro aspecto de renacuajos despistados.

En tropel seguimos avanzando a través del pasaje. El lugar no era desagradable, aunque un poco ácido. «Voy a conocer este valle», pensé y, haciendo y diciendo, lo recorrí. Me pareció un lugar cavernoso, protegido. «¿Quién habrá construido este monasterio?», me pregunté.

Desde donde yo estaba, vi a mis compañeros que, como ranas en el agua, iban y venían. Vaya que éramos feítos, bastante feítos. Un colega me miró con lo que parecía ser su único ojo y, moviendo su cola larga y delgada, aseguró: "Ay de nosotros que vamos a morir". "¿Quiénes?", pregunté asombrado. "Tú, yo, todos, todos".

Al escucharlo, mi fibrilla en la vaina de la cola se estremeció. ¿Por qué razón tendríamos que morir? Ahí había lugar para muchos de nosotros, que, a pesar de ser tantos, bien cabíamos.

Tenía que averiguar cuál era el motivo. Me dirigí a un grupo de renacuajos que, moviendo sus colas como bajo un fuerte viento, discutían acaloradamente. Con amabilidad les comenté: "Oigan, amigos". Ellos voltearon a verme con cara de enojo y me pidieron que me fuera. Simulé alejarme, pero me quedé lo más cerca posible para saber de qué hablaban. "Seré el único sobreviviente", dijo uno de ellos.

Reflexioné un rato. ¿Qué cosa es esto? ¿Por qué me estoy preocupando? ¿Regresaré de donde vine? Nada me daba respuesta. Andaba otro grupo con las mismas preguntas que yo me hacía y me acerqué a ellos con el fin de escucharlos: "No podemos asegurar quién es el elegido"; "Puede ser cualquiera"; "El más crédulo"; "El más rezongón"; "El más intolerable"; "El más bonito"; "O buena". "¡Amigo!", me pegó un grito al verme uno de ellos. "Usted debe tener las mismas dudas que nosotros. ¿No es así?". "Sí", respondí. "Pues aléjese, puesto que estamos en las mismas. No lo queremos aquí. Si llegamos a tener noticias se las haremos llegar".

De haber tenido extremidades… Cabe decir que me alejé del grupo con la cola entre las patas. Solo, confundido, sintiendo el rechazo por doquier, sin existencia y llenando mi cabeza con nuevas preguntas. Así que esto es un misterio. Me alejé viéndolos de cabo a rabo, cosa por demás difícil, ya que éramos más de 400 millones en espera de algo que sólo se da una vez.

Entonces las cosas comenzaron a ponerse más extrañas, pues a medida que pasaba el tiempo, avanzábamos afanosamente. El lugar en donde estábamos se volvió más frío, más ácido y, con ello, el alboroto creció. Dando un extraño discurso, un colega hablaba: "Humanidad, esclava de la vida. Viajen, vayan hacia el infinito de las tribulaciones que da el vivir. Soy el elegido, soy el hombre o mujer. Nacer, vivir". Se me quedó viendo con su ojo y empujándome con su cola me dijo: "Hazte a un lado, me tocará a mí".

Ya lo daba por seguro, nadie diría nada, por el contrario, el misterio aumentaba. ¿Por qué? ¿Qué saben ellos que yo ignoro?

Sintiendo el rechazo me vi rodeado por todos esos millones de seres que, por algún motivo, deseaban deshacerse de mí. Parecían mis enemigos. Corrían en completo desorden hacia mí. Me quedé quieto, esperando lo peor. Tanto desosiego sentí, que sin el menor cuidado me atravesé en el momento justo en que una burbuja llegó y me atrapó.

Caí de hinojos, sin voluntad, dejándome llevar por un suave lago. La burbuja comenzó a moverse entre luz y sombras, de la claridad a las tinieblas. Lloré. No entendí por qué mis congéneres no me advirtieron de semejante peligro. Todavía abrí un poquito mi ojo para mirarlos, por última vez, antes de que la burbuja entrara a una especie de caverna y ya no me dejara verlos. Del miedo a la tristeza.

Pasé a la más absoluta gloria dentro de la esfera. La frialdad y la acidez se tornaron en tibio océano y, aunque estaba en completa soledad, por alguna razón sentí un corazón palpitando junto al mío.

La burbuja se fue transformando en un rincón abandonado. Estar ahí era algo así como crecer bajo una montaña. Brotó en mí la esperanza de salir de la burbuja y, sin darme cuenta, junté mis brazos y piernas, tocando con ellos mi cara. Cerré mis ojos con el único deseo de dormir.

LA SILLA SIN UNA PATA

Hemos permanecido sentados ya tantos años en esta silla el señor y yo. Quisiera saber si él ha estado cómodo en su lugar, si acaso ha sido feliz. Son tan pocas las veces que he logrado levantarme que casi no sé cómo es la vida fuera de este cuarto. Sé que no está porque la silla sin él me pesa menos. Ya no tengo ganas ni fuerzas para sostener el balance de la silla sin una pata.

¡Ah! Qué felicidad llegar de nuevo a la seguridad de mi silla siempre tan limpia, tan mía. No sé cómo podría vivir sin ella, porque debo reconocer que, aunque me he sentado en muchas sillas, ninguna como ésta. Puedo sentarme con toda la confianza. Sus tres patas me sostienen firmemente. Qué suerte.

Siento el peso de su espalda sobre la mía; ya debe haber regresado. La silla, de mi lado, se está venciendo y yo no veo que él haga nada por ayudarme. Tal vez vive tan holgado que ni cuenta se ha dado del esfuerzo que estoy haciendo. Tengo que hablar con él para pedirle que me ayude, después de todo, los dos nos sentamos en la misma silla.

—Señor, señor. ¿Podría hablar con usted?

No me escucha. Mañana lo volveré a llamar.

Ya amaneció y aún no se ha levantado.

—Señor, señor. Tengo algo que decirle. Es importante.

—Dígame, señora. ¿Quién es usted?

—Soy la otra parte de su silla.

—Tanta insistencia. ¿Qué debo hacer para que me deje en paz?

—Escucharme. Es acerca de nuestra silla.

—¿Cómo diablos voy a saber yo qué le pasa a la silla? Lo siento, pero tengo que poner en orden otros asuntos.

«Siempre la misma historia de la silla; es uno de sus tantos pretextos para hacerme chirriar. Por años viviendo codo a codo y ya ni me acordaba de ella. ¿Cómo estará?» pensó el señor, con el ceño fruncido.

—No sé cuándo ni cómo, pero me va a oír. No me daré por vencida. Vivimos juntos y todavía no me conoce, le exigiré que me ayude y que cambiemos nuestros lugares, aunque sea por un ratito. Ya quiero ver surgir el amanecer.

—Vaya, qué cielo más claro y qué noches he tenido, pero como la noche de anoche, pocas. Creo que me hablan. Debe ser esta mujer enfadosa. ¿Se le ofrece algo, señora?

—Hacer un trato. Por favor…

—Esta zorra. ¿Qué pretende? Cuando las mujeres piden un favor, no lo hacen en balde.

Seré más astuto que ella. Veré qué propone. Está demasiado cerca para seguir indiferente.

—Voltearé poco a poco. Tenemos años sin vernos y no quiero que por mis canas y mis arrugas me rechace. Disimularé el cansancio; no tengo ganas de ser vista como una mujer llorona. Sonreiré y seré amable con él.

—No enjuagaré mi boca para que se dé cuenta que acabo de llegar y ni siquiera me quitaré la ropa para que vea cómo salgo a atender mis "asuntos". Ahora comprenderá la clase de hombre que soy. ¡Señora!

—¡Señor! Parece, por su expresión, que lo he decepcionado. Mis canas son apenas las que me salieron el otoño pasado; mis ojos se irritan por estar tan acostumbrados a que no entré luz por la ventana. Es una tontería, pero ya no soy la mujer que conoció. Llevamos toda una vida bajo el mismo techo y, sin embargo, somos unos desconocidos.

—Si le sirve de consuelo, soy yo el que le debe una disculpa. Y dispense la facha; por no hacerla esperar no me di tiempo de pasar por el baño. ¿Cuál es el trato tan urgente?

—En realidad... Al verlo ya no sé si me convenga pedirle que...

—¡Vamos! Me ha insistido durante años que hablemos y ahora trata de alejarme. No sea tímida. Hay confianza entre nosotros. La escucho.

—Quiero proponerle que cambiemos por unas horas nuestros lugares.

—Conque de eso se trata. Señora, desgraciadamente esto tiene sus inconvenientes. Jamás dejaré mi cómoda silla con dos patas por un lado de una silla a la que le falta una pata. Vaya locura.

—No quiso. Qué egoísta. Por fortuna, ya veo que no le ha ido tan bien con semejantes ojeras y ojos hinchados. No me queda duda: está peor que yo, y eso que me sentí la peor parte.

—Como lo pensé... una vulgar y astuta zorra. Con su linda carita me quiso convencer. Mi lugar, qué risa. Sí cómo no... Voy a andar cambiando mi lugar por el de ella. Ya debería de estar acostumbrada a sufrir; yo, nunca.

—No se conmovió. Me rompió el corazón. No siente nada por mí. Es un comodino sin remedio.

Un día… "Espejos, espejos. Vendo espejos, soy un vendedor de espejos".

—Ese hombre, ¿qué hace ahí parado frente a mi ventana? Iré a bajar la cortina. ¿Ese soy yo? ¿Soy el que se refleja en ese espejo? Pero, ¿cómo? Si siempre me he sentido un tipazo. Casi no tengo pelo y estoy demacrado. Esto es una broma. ¡Oiga, joven, aléjese y lárguese con sus espejos deformes a otro lado!

"Espejos, espejos. Vendo espejos claros como el día. Espejos…".

—Tal vez el lugar de esa zorra no sea tan malo. Viéndolo desde otro punto de vista, ella, fuera de una que otra cana y cualquier arruga, no está tan peor. Mañana la buscaré y muy amable, como ella, le diré que me parece justo que descanse un poco, sólo unas horas.

—Ya amanece. Me espera un día más soportando el equilibrio de esta silla y viendo pasar mis días perdidos.

"Ilusiones, ilusiones. Vendo ilusiones… Cómpreme una…".

—¡Vendedor de ilusiones, espere, quiero comprarle una! Lo he estado esperando.

—No se vaya, señora. Ayer me comporté un poco hosco con usted, le pido disculpas y tengo toda la intención para decirle que sí acepto que cambiemos nuestros lugares.

Los dos se ponen de pie y la silla sin una pata rueda por los suelos.

LA CASA DE LA RISA

Como era costumbre, Narciso y yo solíamos ir a pasear los domingos al bosque de Chapultepec. Aquel domingo amenazaba con caer una tormenta, pero desafiar el clima y mi insistencia en ir fue la consecuencia de un noviazgo de años.

Narciso me concedía unos cuantos caprichos; padecía de un egocéntrico carácter y nada podía mover su corazón. El bosque entre nubes se veía con menos brío que cuando había Sol. Llevábamos una rutina de estire y afloje. Nos sentamos sobre el pasto como un ancla que cae en lo profundo del mar. Luego, nada, dar aire a la fecha de la boda que nunca se concretaba. Eran las decisiones más difíciles: que para fines de año, que para principios del año que viene.

Vimos que un joven se acercó a nosotros con una cámara y nos dijo: "Sonrían". Pusimos nuestra mejor sonrisa y *flash*. Tras un minuto salió de la cámara nuestra fotografía y nos la entregó. Estamos sonriendo, pero no nos hacía ningún favor: parecíamos el día y la noche.

Comenzó a llover; primero un chipichipi y en seguida el nubarrón que aventaba, a cántaros, la tormenta. Narciso me tomó de la mano y corrimos a refugiarnos en el primer techo que encontramos. De ahí en adelante, todo cambió.

Empapados de pies a cabeza, Narciso me dijo: "No hay cosa que más me desagrade que estar mojado. Te lo dije, va a llover. Pudimos habernos quedado, pero tú insististe en venir". Comencé a temblar por el frío. "Calma. Esta lluvia pasará pronto", me dijo.

Enseguida sacó, de su bolsillo, un pañuelo y comenzó a limpiar sus zapatos; cuando vi en que lo usó, pensé: "Me está viendo toda mojada y ni me lo ofreció. Bueno, así es él".

La lluvia arreciaba y aventaba granizo. A pesar del aguacero me divertía como nunca por verlo tan enojado y mojado. Llegó un momento en que los chorros y chorros de agua nos hicieron echarnos para atrás y el portón donde nos refugiamos se abrió. Entramos en un cuarto extraño, rodeado por espejos, con apenas una luz que medio iluminaba el lugar. Un relámpago reflejó nuestra imagen en los diferentes espejos. Disimulé una sonrisa para que no notara Narciso que me reía de lo chistoso que se veía: largo, muy largo, con cabeza de martillo. Me miró boquiabierto con las manos en las mejillas y, al verme como una pintura surrealista de Picasso, gritó: "¿Qué es esto? Soy la imagen de Edvard Munch". Quitó las manos de su cara y dijo que éramos dos garabatos irreconocibles. Pobre Narciso, no soportó ver su figura reflejada de tal manera.

Él buscaba con desesperación el espejo perfecto, sin encontrarlo, provocando su mayor descontento. "¡Busca la salida!", gritó. Si él lo hubiese tomado como lo que era, una diversión, abríamos pasado un buen rato riéndonos, y se lo dije: "Mira, yo me río de mi misma". Pero no era risible para su pobre corazón y azotó, desmayado, en el piso.

En muchos pedacitos logré sacarlo de la Casa de la Risa. Arrastrarlo me costó trabajo. Mi Narciso volvió en sí renegando. Se levantó, acomodó su traje, exprimió su corbata y me dijo: "Qué fea eres, Otilia. No me mereces. Mira, ve". Sacó de su pecho la fotografía toda mojada y arrugada que nos acababan de tomar. "Salgo como lo que soy, muy guapo. En cambio, tú te ves como si te acabaran de sacar de la Casa de la Risa".

Tardé mucho en decidir que rompería en cachitos la foto de Chapultepec. La tuve pegada en mi espejo, pero hoy me harté de ver que ni para noviembre ni para enero habría boda. En su lugar ahora tengo *El grito*, de Edvard Munch.

UN SOMBRERO EN MEDIO DE DOS MACETAS MIRANDO AL PARQUE

Era un hombre pequeño bajo un gran sombrero. Era la época de poner orden en la ciudad de Calilla. El hombre amaba su ciudad; gustaba de caminar por sus calles y avenidas, sentarse en alguna banca de un parque y pensar. Pensó en lo primero que tendría que hacer: convertirse en alcalde de su ciudad. Siendo alcalde remediaría la corrupción existente entre los gobernantes.

Se fijó metas: ayudar a los necesitados, resolver asuntos que se hacían viejos, haría más hospitales, más escuelas y, de ser necesario, acabaría con el mal gobierno, crearía empleos y daría trabajo a la gente, por el bien de la ciudad.

Se levantó de la banca, tomó su sombrero y se fue caminando por una veredita peregrina. Él no se daba cuenta de que su figura menuda llamaba la atención. Los niños lo invitaban a jugar con ellos, las señoras lo rodeaban para contarle los apuros de sus esposos por no tener trabajo. Y, así, mientras caminaba por el parque iba escuchando las quejas de los demás.

Fiorelo siempre estaba risueño y muy bien vestido. Su sombrero era grande porque su cabeza era redonda y sus ideas también. Hablaba en inglés, vestía de casimir italiano, calzaba del 26 y comía cocina internacional. Tenía cualidades honradas y humanas para ser un buen alcalde de la ciudad de Calilla. Todo el mundo lo respetaba y veían propio que los gobernara.

Eran los años en que se aproximaba la primera guerra mundial y un día, dejó su sombrero colgado en el perchero de su departamento. Se presentó a las filas y con un casco a la cabeza marchó entre miles de hombres rumbo al combate. Sobrevivió a los centenares de ataques por mar y tierra, a la lucha cuerpo a cuerpo. La guerra terminó y volvió al perchero a tomar su sombrero, que parecía estarlo esperando.

Feliz por haber regresado, salió de nuevo a las calles, a sentarse de nuevo en la banca del parque, pero ya no existía. En su lugar estaba un salón de baile. Al asomarse sufrió un sofocón. Las mujeres ya no eran aquellas que lo buscaban para hablarle de sus maridos, ahora bailaban el charlestón con faldas cortas y collares largos. Se veían liberadas, alegres. Todo era deslumbrante: corría dinero, tabaco, bebidas, luces, libertad. Parecía que la guerra había puesto al mundo de punta. Pero, según él, no parecía lo correcto. También había que trabajar porque la guerra dejó secuelas en Calilla y sus ciudadanos, y de ninguna manera se podía dejar de lado. Se convertiría en alcalde.

De manera que volvió a su departamento. En el baño, frente al espejo, afeitó su rostro bonachón; se quitó el bigote. Era conservador, pero creía en el futuro. Se metió a la ducha y cantó muy fuerte, como para que lo escucharan. Parecía un coloso que deseaba ser alcalde. Se vistió con un traje inglés, zapatos comprados en la sexta avenida, camisa de algodón y se puso su mismo sombrero grande.

Era un hombre pequeño bajo un gran sombrero cuando, ante su ciudad, juró ser honrado y llevar a Calilla por el mejor de los caminos. Habló del bien que traería a los ciudadanos: crear empleos, restaurar parques y jardines, formar y educar a todos los niños de Calilla. Hubo vivas, porras y aplausos. Él, con el sombrero sobre el pecho, agradeció la confianza ante un micrófono a la altura de sus aspiraciones.

Cuando recibió su primer sueldo como alcalde, dijo: "Es demasiado, puedo vivir con la mitad". Y como lo prometió, la ciudad era fuente de empleos, de grandeza, cultura y economía. Los habitantes celebraron con un gran desfile y con bandas de música, y Fiorelo marchaba al frente, como el dueño del circo. Era entonces un hombre pequeño con un alto sombrero de copa.

Corrió el rumor de otra gran guerra. No anunciaba nada bueno y la gente se abrazó. El alcalde, vestido con una fortaleza a prueba de grandes calamidades, habló ante su pueblo y dijo: "Nos han declarado la guerra. Hombres, mujeres y niños tendrán que ser soldados". Se apagaron las luces de la ciudad de Calilla.

Por fortuna, el campo de batalla se libraba a una distancia muy lejos, pero en cada mujer había una enfermera, en cada hombre un soldado y en cada niño una esperanza.

Calilla esperó y resistió hasta el final de la guerra. Muchos ya no regresaron y se convirtieron en héroes. Los que sí volvieron lo hicieron triunfantes; habían ayudado a combatir al enemigo, lanzando feroces consecuencias para ganar la paz.

Fiorelo, ahora tan popular, gozaba de la paz y era un hombre pequeño con un gran sombrero. Jugaba al béisbol, platicaba, a los pequeños, historias de Dick Tracy, y lo hacía con tanto énfasis que los que lo escuchaban aplaudían su discurso.

Un incendio por poco y acaba con la ciudad. Se vistió de bombero y en un raudo y sonoro camión, entre él y los ciudadanos acabaron con el fuego.

El alcalde, a finales de la primavera de aquellos años, se encontró su sombrero en medio de dos macetas, mirando al parque a través de su ventana. En el acto comprendió que su lugar ya tenía que ser ocupado por alguien que diera más prosperidad a Calilla y pensó: "¿Qué edad tengo? ¿Podré vivir en otro lugar? ¿Seré capaz de vivir lejos de mi amada ciudad? ¿Soy alcalde? *¿Am I Fiorelo?*

Preguntándose todo esto, murió. Alguien pasó y lo vio como dormido en la banca de siempre. Sonreía sujetando su sombrero y sus sueños de ser alcalde, pero ya no estaba ahí; se alejaba caminando por aquella veredita peregrina desde donde se veía a sí mismo... Como un gran hombre con un sombrero pequeño.

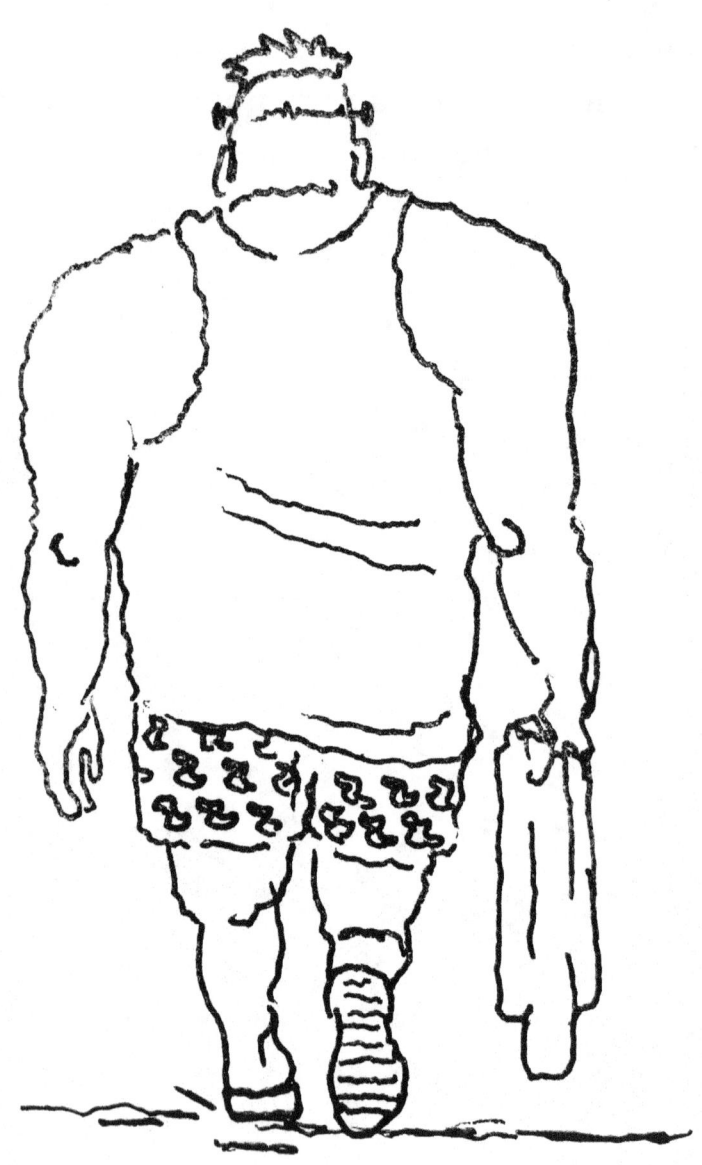

UN CHANCLETEO AZULOSO

Cierta mañana, al despertarnos, Frankenstein me sujetó por el cuello y me gritó: "¡Ya no te quiero!". Yo, sorprendida, bajo el peso de nuestro cobertor, le pregunté: "¿Por qué, Franky?". Y él, con malvado aliento, me contestó: "¡Por bruja y por fea!". Sentí tal zozobra que deseé que ese amanecer no hubiera llegado nunca.

Franky, con grandes pasos, fue al baño a atornillarse ese torniquete que le cruza el cuello y sólo le permite mirar de reojo.

Iba diciendo que por mi culpa se le estaba oxidando el clavo que le cuelga entre las piernas y que me viera en el espejo para comprobar que él tenía razón. Dejé que cerrara la puerta del tocador y me enfrenté a mi imagen. ¡Oh! Realmente estaba fatal. Comprendí su desencanto con pena e intenté, para compensar en algo mi descuido, transformarme en una eficiente limpiadora de casa.

Lo primero que se me ocurrió fue ir a lustrarle sus zapatos de plataforma de hierro y me encontré con que él ya los estaba limpiando. Tomaba un zapato con la mano derecha y con la izquierda lo tallaba con un fieltro grisáceo, del mismo color de su piel. Franky, así descalzo, no era tan alto. Los elevados eran sus zapatotes y vi, por primera vez, que, sin su refinada limpieza, tal cual estaba en ese momento, no lucía tan atractivo como cuando salía muy prendido a trabajar.

Conforme avanzaba el día, él se tornaba más monstruo y yo más bruja y fea. Para vivir los dos lo más malamente que podíamos, comenzamos a transformar nuestra casa en un cuchitril. Al lograrlo, lo primero que hicimos fue faltarnos al respeto. Él me dijo: "Ándale, empacho. Sírveme el desayuno". A lo que yo contesté: "Sírvete tú, lechón, si quieres comer". Con esos modales almorzamos ese día.

Más tarde, vomitábamos malas palabras por todas partes: "Que tu madre", "Que la tuya".

Franky caminaba por la casa con unas chancletas azulosas que se escuchaban monopolizadoras por doquier. Me pareció que lo hacía adrede para desesperarme. Por mi parte, montada en mi escoba y trapeador, husmeaba en cualquier esquina que se mirara sucia. Trepada en el recogedor iba levantando las huellas de sus chanclas azules para tirarlas a la basura. Luego cociné un odio que le ofrecí y él, tan tranquilo y discreto, lo escupió a mi rostro.

Ya de noche actuamos como dentro de una película de espantos. Para irme a dormir me acosté con los residuos del maquillaje de todo el día y enfundada en un camisón que parecía un remilgo de la Llorona. Me dolió una pierna y la sobé con la mirada perdida. Franky, al verme, lanzó un grito que salió espantado por la ventana. Dio vuelta dos o tres casas adelante y volvió a regresar por la ventana. Los cabellos se le erizaron, sus manos se crisparon y en su boca se dibujó un horrible gesto con mi presencia ahí en el lecho. Y para ya no seguir viéndome, Franky se agachó. Me decepcionó su calvicie. Vi que se atragantó con su torniquete y le pregunté descarada: "¿Qué? ¿Soy o me parezco?". Él, como quién ve a un aparecido, formó una cruz con los dedos y así, sin más, contestó: "¡Mujer del averno, vete de mi casa!". "Fíjate que no, el que se va eres tú", contesté. Y como pone un huevo la gallina, nos pusimos de frente:

—¡Yo no me voy!

—¡A mí no me sacas!

—¡Nos iremos a pleito!

—¡Nos vamos!

Y nos agarramos. Franky tomó mi corazón entre sus manos; con voz de ladrón me dijo: "Escúchame bien... Tengo una amante y nos queremos mucho". Sus palabras me debilitaron a tal grado que me sentí morir. Frank, al verme desvalida, colocó una pistola en mi mano y propuso: "Dispárate". Me dejó con el arma y se fue, dando chanclazos de contento.

Escuché el azul de su clac, clac, clac. Detesté su atrevimiento y la manera en que pretendía despacharme de este mundo y de mi casa. Con un detonador pensamiento fui tras él. Sólo pensaba en la destrucción y en las ganas que tenía de engullirme a ese odioso enemigo.

Al alcanzarlo le grité: "Así que de eso se trata, desvergonzado, insolente, asesino. Así que por ese motivo, de la noche a la mañana, me convertí en una bruja fea. Sinvergüenza. Por eso también, de pronto, te convertiste en monstruo, para que venga otra a ocupar mi lugar. Comodino. Quieres verme muerta para quedarte solo y de esa manera resuelves tu amorío con tu amante". Frank me arrojó sus chanclas azulosas y se calzó sus zapatotes de plataforma de hierro. Me sentí aniquilada frente a su altura. Sus ojos fríos me miraron a traición, dándome sepultura. Pero luego acudió a su voz de repuesto y dijo: "¡Difamadora! Quieres desacreditarme con tu maldiciente imaginación. Lo que dices es un disparate que me inventas para quedarte tú con la casa. Qué insolencia la tuya".

Aún tenía la pistola en mis manos y Frank, mi corazón en las suyas. Desde su altura puso a ventilar un imborrable trozo de carmín que salía de un recoveco de su camisa. Delirante, apunté la pistola hacia esa mancha, que muda, se escondió y le disparé.

Mi pulso ha dado comienzo a matar toda la casa. El tiro resuelto que arrojé va destruyendo paso a paso cualquier cercanía. El pasto ya no crece, los armarios huelen a viejo, la estufa está fría. Una maleza que viene de la calle destruye las paredes. La casa es mía, pero ya no me interesa; la siento ausente, lejana. La puerta está cerrada.

Voy a mirarme en mi espejo y mi imagen está tiesa, parece que observara un siglo entero de aquella pelea. Pienso que fue un absurdo disparar contra la camisa de Frankenstein. Debí afinar mi puntería para morirnos los dos.

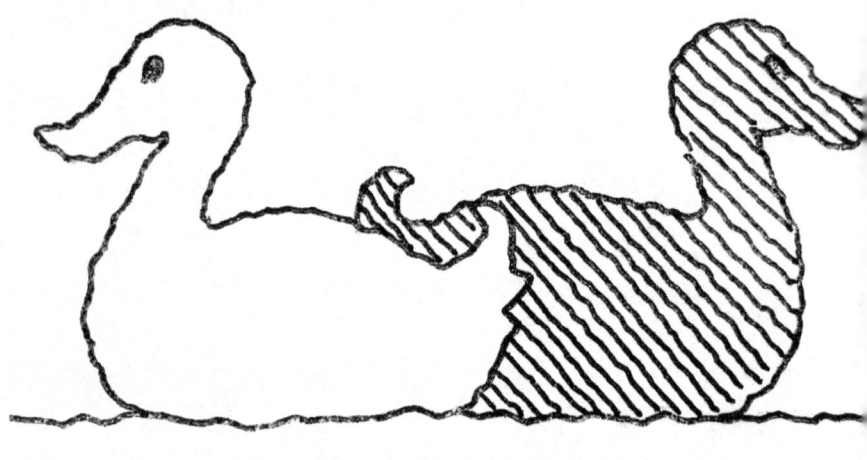

NI CON MELÓN NI CON SANDÍA

Hoy por fin se dará por terminada una discusión que desde hace días enfrentan mi padre y mi madre. Por supuesto, sin tomarme en cuenta, ya que el tema es: con cuál de los dos me voy a quedar, en definitiva, a vivir.

Para rematar, apenas tengo cuatro años y aún no comprendo las condiciones abismales por las que cada uno tiene motivos suficientes para deshacerse de mí o quedarse conmigo.

Para que podamos seguir comprendiendo esta historia, me regresaré a ese invisible momento en que uno siente que las cosas no van bien.

—Mami, me gusta estar contigo.

—A mí también, patito.

Me toma de la mano y salimos rumbo al parque. Voy dando brinquitos de gusto. Al ver el coche de mi papá estacionado bajo un árbol, corro hacia él, que ya me espera con los brazos abiertos, me da un beso y me dice que me veo muy linda con mi vestidito blanco y con la diadema que recoge mi pelo.

Nos subimos los tres al carro y ellos se dan un beso en la mejilla. Gracias a este hecho yo me paso al asiento de atrás con mucho cuidado, para que mi vestido no se arrugue. En mi pasmosa ignorancia, dada a mi corta edad, creo que me llevarán a la nevería. Amo los helados.

Mi papá fue el primero que habló.

—A ver, déjame explicarte. Si me quedo yo con la niña, no la vuelves a ver… al menos por un largo tiempo.

Había un estanque con patos jugando en el agua.

—En la última plática que tuvimos, quedamos en que yo podía verla cuantas veces quisiera.

Un niño llegó al estanque y comenzó a arrojar piedras a los patos. Los niños no me gustan.

—Entiende, mi esposa ya sabe todo y la única condición que pone es que tú no la reclames, en caso de que te arrepientas. ¿Me explico?

—¡Ah! Ahora mi felicidad está condicionada a la voluntad de tu esposa. Qué maravilla. Sus hijos ya crecieron y hoy resulta que sería feliz con mi hija. Es como si se la estuviera regalando.

Me dieron ganas de aventarle mi diadema a ese niño que molestaba a los patos. Mi peinadito aburrido ahora era una mata de cabellos sueltos.

—Teresa, si tienes ese inconveniente quédate con la niña.

—No puedo.

—¿Por qué?

—Por la sencilla razón de que Armando no se lleva bien con ella. No lo quiere y eso lo pone de muy mal humor.

"Mis papás". Me fui directamente contra mi vestido. Comencé a sentirlo como algo pegajoso, como helado que se derrite y deja de gustarte. Ellos voltearon a verme por un minuto. Yo tenía la nariz pegada en el vidrio de la ventanilla.

—Tienes que dejar que la vea. No tienes derecho a quitarme así nomás a mi hija.

—No te estoy quitando ningún derecho, ni a la niña. Eres tú la que quiere rehacer su vida.

—No puedes apegarte a normas tan estrictas de tu mujer. Piensa.

—¿Y tú? Sólo porque no quieres que el tipo se ponga de malas eres capaz de todo.

—¿Con quién se va a quedar?

—Pregúntale a ella.

No importa quién de los dos aventó la moneda al aire, y como si mi cuidado fuese un himno, dijeron:

—Si se viene conmigo, mi mujer la educará y la querrá como a una hija. Dalo por seguro.

—Como ella diga. Si quiere seguir a mi lado y Armando se enoja, ni modo. Lo más seguro es que pospongamos la boda. Pero eso no importa, primero está mi hija que mi felicidad.

Y a los cuatro años tomar semejante disyuntiva se antoja creer que no es asunto mío. Sin embargo, los miraba como si yo fuera un juego de ping pong. En qué lío me han metido. Ahora resulta que su felicidad depende de mí. Qué risa. Son como niños viendo quién lanza la pelota más lejos.

Esto se ve interesante. Irá para largo, quizá dure por años mientras me decido.

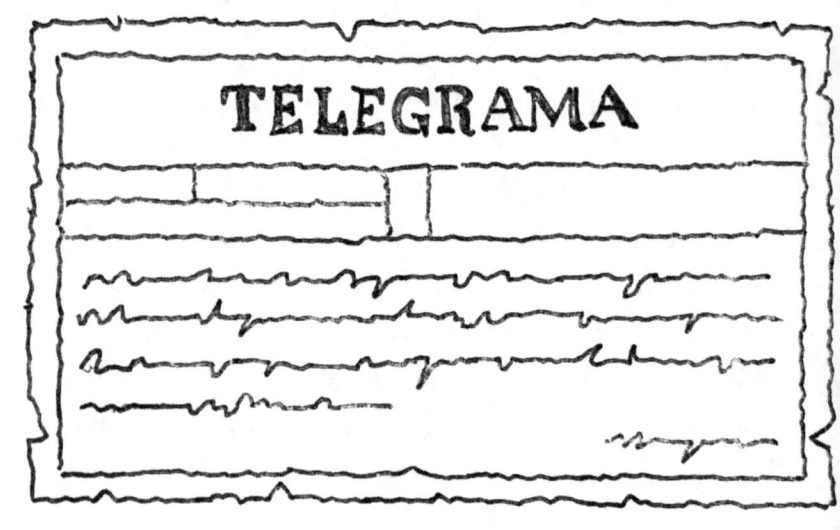

58

EL TIO JUANITO

Eran el tío Juanito y su sobrina Obdulia quienes siempre salían juntos a trabajar. Pese a que trabajan mucho, poco les quedaba para darse algún gusto. El tío sentía sobre sus hombros la responsabilidad de cuidar de ella y darle casa y sustento. Ver a la joven en un ambiente sin un futuro lo hizo pensar: "Pobre muchacha, tiene que cambiar de aires".

Cuando ella cumplió su mayoría de edad, la tomó de la mano y, con su cariño de siempre, añadió: "Hija, tienes que seguir tus sueños. Apenas empiezas a vivir y yo ya soy un viejo polvoriento. Con tu tía Elisande estarás mejor que conmigo". Estuvieron un tiempo dando largas al asunto. Obdulia se resistía a dejarlo, diciendo no necesita nada para ser feliz y que no había un lugar más dichoso que su casita y estar junto a él.

La realidad era otra. Juanito la veía mirando los aparadores, exhibiendo vestidos adornados con bonitos accesorios, en contraste con la blusa y pantalón que a diario usaba. Ella se vio en el reflejo del aparador y las palabras del tío le sonaron a que se tenía que ir. «¿Marcharme? ¿Con Elisande? ¿Si lo dejo solo quién lo va a cuidar? Ya está viejito y cansado. ¿Cansado? ¿De mí?», pensó.

Una mañana, Obdulia entró a la cocina, donde el tío ya estaba tomando su café bien cargado, y como si se quemara los labios al darle un sorbo, le dijo:

—Elisande va a ir por ti a la frontera —y le puso en las manos un boleto de ida para Rosarito.

—¿En verdad? ¿Usted cree que me voy a ir así nomás? Fíjese que no.

—Elisande va a cuidar mejor de ti.

—Voy a chillar. ¿Y si ya no lo vuelvo a ver?

—No, hija. No, no llores. Nos volveremos a ver, te lo prometo. Mira, si algún día me siento enfermo, te mando un telegrama.

Vaya consuelo. Obdulia ya no contestó.

Como si hubiera sido ayer, pasaron 20 años. Y un día de mayo, Obdulia recibió el telegrama: "Hija, ando en las últimas. Espero que puedas regresar muy pronto".

Y muy pronto, Obdulia ya estaba de vuelta en Guadalajara. Antes de llegar a la casa dio un pequeño rodeo por el barrio. Estaba todo igual: las calles por donde caminaba con su tío, la tienda donde compraban pan y leche para la cena. Siguió camine y camine y camine y sus pasos la llevaron frente a la puerta. Miró el abandono de la casa; parecía estar habitada por un alma solitaria.

Aún tenía la llave. Al abrir le pareció escuchar el sonido de una gota de agua que cae en la tierra.

—¿Obdulia, ya llegaste? Me voy de este mundo y no quiero dejarlo sin recibir mi bendición.

El mismo cuarto con su ventanita al cielo. Se acercó al anciano y le tomó las manos diciendo:

—Aquí estoy.

—Otra vez los dos. Dios me concedió la gracia de volver a verte, pero ve por un padre, quiero dejar mis asuntos con el Señor en paz.

Obdulia, suspirando, le acomodó al tío la almohada que tenía en su espalda y lo tranquilizó.

—Voy a ir por un médico. Usted se tiene que poner bien.

El tío Juan apretó sus manos entumecidas entre las de ella, apenas diciendo:

—Esto ya no tiene remedio, mis años ya me están jalando a dar cuentas. Anda, ve por el padre.

Obdulia se sintió triste y desconsolada. Le dio un beso en la frente y llorando le habló:

—Está bien, voy por un padre. Y, por favor, me va a esperar. ¿Ok?

Se soltó de sus manos y salió a buscar un doctor. Por fortuna, una mujer le dio santo y seña de uno que vivía por el rumbo. Él, cuando ella le comentó quién era el enfermo, accedió a acompañarla a verlo. Al entrar a la casa ya no se escucha el plas, plas, plas, de la gota de agua que cae en la tierra.

—Doctor, ¿cómo lo ve?

—Ya no hay nada qué hacer. Suéltelo, déjelo irse y no llore. Cuando las luces se apagan sale el Sol. Don Juanito ya está descansando.

—Pero, doctor, ¿cómo lo voy a dejar irse si no pude cumplir su voluntad? Mi tío quería un padrecito para que le diera la bendición. Dele usted la bendición, por favor, yo le levanto su carita y usted...

—A mí me corresponde dar su constancia de que murió a las tantas de la mañana del mes de mayo, justo en el momento en que se quedó dormido. Fue buena persona. Descanse en paz.

—Murió solo y esperando su bendición, aunque esto tiene arreglo y no se quedará así. Iré por un padre. Mi tío tiene que irse con su santo sacramento, que lo ha de llevar a gozar de la gloria de Dios. Para eso me habló —dijo Obdulia llena de esperanza.

Si existe un calvario es el que vivió ella esa mañana. Considerando que en Guadalajara hay muchos templos, lo que menos se imaginó es que ni una sola iglesia diera servicio ese día. Andaba como en Semana Santa: de templo en templo, de un lugar a otro. El Sol ya calentaba el medio día y a ella también.

Agotada, Obdulia se sentó en una banca frente al santuario cuando vio salir de ahí a un sacerdote corriendo como la pólvora, dando zancadas y con un cirio en la mano. "¡Padre!", le gritó. El hombre ni la escuchó y siguió a corre y corre, como si se le hubiera hecho tarde. Ella trató de alcanzarlo, sin embargo, se le perdió de vista entre una cantidad de gente que en tropel se abarrotaba en las calles por estar, aunque fuera desde lejos, presenciando la solemne misa que se estaba oficiando en catedral. «¿Qué es esto? ¿Qué pasa? Que alguien me explique», pensó.

Estaban dando misa de difunto al cardenal asesinado. Y ella entre el gentío, en la bola. La cabeza comenzó a darle vueltas y más vueltas. Buscó un campo donde aterrizar sus ideas y ya con una idea fija en su mente mareada, se alejó del lugar. Por demás decir cómo llegó por el tío, como si le hubieran volado cientos de pajaritos sobre su cabeza.

—Ha de dispensar, tío Juanito, lo que voy a hacer —dijo.

Ella lo alzó de la cama y, luego de darle una voltereta, lo acomodó en sus brazos. Ánimas santas y nadie se dé cuenta.

A las puertas de catedral llegó el olor a incienso, a cirios encendidos, a coronas de flores. Estaban solos el tío y la sobrina; nadie los veía, pero en murmullos se escuchaban los rezos, cantos celestiales y aleluyas. Catedral estaba profusamente iluminada, derrochando luz por todas sus naves, y los sacerdotes rogaban por el perdón de los pecados y el eterno descanso de las almas. Se escuchó el repicar de campanas al vuelo, sin tregua, sin respiro, muy en santa paz. El tío Juanito recibió su bendición.

Obdulia está por abordar el autobús que la llevará de regreso a Rosarito. Acomodada en su asiento va pensando en qué bonito se siente dejar las cosas en orden. El tío descansa, ella también. Son de esos días que se van y no regresan.

LO SENTIMOS, EL NÚMERO QUE USTED MARCÓ, ESTÁ OCUPADO

Estoy esperando a que amanezca para llamarte. Tomo mi celular y marco tu número. Llamo varias veces y me manda al buzón. Voy a la cocina por un café y vuelvo a marcar: 33-22-88-55. "Lo sentimos, el número que usted…".

Dejo el café y vuelvo a la cama para seguir pensando en ti. Marco de nuevo. "Lo sentimos, deje un mensaje después del tono". ¿Estará aún dormido? ¿Le dejo un mensaje? No, más bien se debe estar bañando. Me levanto de la cama y voy por otro café, también preparo un plato de fruta y vuelvo a llamar. "Lo sentimos…".

«Seguro no ha visto el celular y por eso no regresa mi llamada. O salió de prisa a trabajar y lo olvidó. Ya le ha pasado», pensé. Anoche, precisamente, me dijo lo distraído que es, y eso que casi ni platicamos por estar en el cine poniendo atención a la película que tantas ganas teníamos de ver. Me caíste súper desde que te conocí; me fascinó tu plática sobre el arte y la manera en que tu crítica acerca de la película cambió mi punto de vista sobre el tema de la peli.

Vuelvo a marcar… No contestas y te mando un WhatsApp con un corazón palpitante y agrego una carita de "¿qué onda?". Ni lo abriste. En el cine me tomaste de la mano, compartimos las palomitas y sentí que tuvimos algo en común: nos gustan mixtas. Salí enamorada de ti y vi en tus ojos que tú también de mí. En una escena de la película puse mi cabeza sobre tu hombro y pareció gustarte. Me quieres. Vuelvo a marcar. Pronto escucharé tu voz y nos veremos hoy por la tarde, como quedamos. Muevo mis dedos marcando el 33-22-88-55.

—Contesta, por favor, contesta…

—¿Quién habla? —me preguntan con voz adormilada.

—Yo, Julia. ¿Eres tú, Alberto?

—No, soy Mario. Ahorita te paso a Alberto. Dame un momento.

¿Qué pasa en ese momento? «Por qué contesta otro hombre», me pregunto. Enseguida, la voz de Alberto con aliento a desvelada.

—Hola, Julia.

Su tono de ronquera mañanera. Lo desperté de la profundidad del sueño y me cae que no soñaba precisamente conmigo, sin embargo, sostuvimos una plática. Recorro el tiempo en que él tomó el celular al contestar… Un tal Mario.

—¿Que si me gustó la película? ¡Claro! Me encantó y ya ni me acuerdo de qué se trataba, y no puedo dejar de pensar en quién está a tu lado.

RAMÓ

RAMÓN

—Ay, Ramón. Si nomás vieras qué bonito me quedó mi vestido de novia.

—¿Ya te lo entregó Rosario, la costurera?

—Sí, Ramón. Está re chulo, lleno de brillantitos y perlitas. Vieras qué bonito. ¿Y tú ya fuiste por tu esmoquin?

—No. De eso quiero hablarte.

—¿Del esmoquin?

—No, de nuestra boda. He venido a decirte que no nos vamos a casar.

¡PÁCATELAS!

—¿No? ¿Por qué? Ay, Ramón, tú siempre tan bromista.

—No es ninguna broma, es en serio. Mira, lo que pasa es que no te quiero.

¡ZAS!

—Ay, Ramón, si siempre me has jurado que me quieres.

—Pues no. No es amor lo que siento por ti. Me gustas mucho, me vuelve loco tu cinturita, tus piernas, todo de ti.

—Ya ves que sí me quieres.

¡OILA!

—No, Clemencia. No te quiero y aquí la dejamos.

¡ÁNDALE!

—¿Y mi vestido?

—Véndelo. En el pueblo hay muchas chamacas que están por casarse.

¡QUÉ POCA!

—¿Es en serio, Ramón? Mira que me estás rompiendo el alma.

—Sí. Te juro, por esta, que lo siento, pero es mejor así.

¡PARA TI!

Clemencia ya no escuchó más. Entró corriendo a su casa a llorar sobre su vestido de novia. En su carita se le marcaban los brillantitos y las perlitas. Sus padres, que la vieron correr ahogada en llanto, fueron a ver qué le sucedía a su hija.

—Mija, ¿qué tienes? —le preguntó su mamá.

—Sí, mija, dinos qué te sucede —le dijo su padre.

—El Ramón —contestó entre sollozos.

—¿Qué te hizo? —le preguntaron los dos.

—Que ya no se quiere casar conmigo, que no me ama y que mejor terminemos.

—Pues ya ni le llore —le dicen sus padres—. A la buena, y de verdad, no iban a hacer buen matrimonio. ¿Para qué quiere un hombre así?

Pasaron tres meses y los días de la Clemencia no llegaban. Su madre le preguntó por qué.

¡CHIN!

No le quedó más remedio que confiarle a su madrecita que un día el Ramón se la llevó a su casa y ahí fue. La madre le dijo al padre y éste, furioso, se enfrentó a su hija. La mandó en busca del canalla y le dijo que no volviera hasta que estuviera casada con él.

¡SI CHUCHIS!

Ramón no le creyó, negó el hijo y la mandó a volar. Clemencia le contestó: "Vas a ver que cuando nazca será igualito a ti. Tendrá tus mismos ojitos".

La pobrecita comenzó a vagar por las calles a esperar que pasaran lo seis meses que le faltaban. Y cuando sintió los dolores del parto fue a dar a luz a la puerta de la casa del Ramón.

¡ORA PUES!

Una vez que nació su hijo volvió a la calle a buscar un hombre que le diera trabajo.

¡NI MODO!

El Ramón, cuando salió de su casa, se topó con el recién nacido y asustado llamó a su madre.

—Amá, venga. Quién sabe quién vino a parir aquí un muchacho.

¡AVE MARÍA SANTÍSIMA!

—Oiga, mijo, pero que niño más chulo. Mire, hasta le da un parecido con usted. Tiene sus ojitos bizquitos, como los suyos. Ah, qué lindo muchachito. Me lo quedo.

¡Y ASÍ FUE!

UNA MIRADA EN EL LIENZO

Cuando te vi, mantenías la mirada en una amnesia repentina. A mí, una gaviota que rabiaba en el cielo sobre la noche me hizo apurar el paso.

Yo tenía prisa por llegar al puente y arrojarme de él. A ti nada de alteraba, te encontrabas bajo el techo de un local cualquiera y yo iba temblando. Deseaba ser destrozada por un tren y acabar con mi existencia. Sólo el eco de mis pasos me acompañaba.

A unos metros del puente entré a una cabina telefónica a marcar tu número para despedirme. Nadie contestó. Estabas parado con la mirada errante y yo tenía prisa por salir de la cabina y matar tu mirada.

Yo, la que tú besaste aquella mañana al paso del tren, la que amaste más tarde en tu cuarto de hotel; yo, la que supo conocer la total dicha entre tus brazos, ahora deseaba matarte, matarme y conservar tan sólo uno de tus besos.

Al llegar al puente volví mis ojos fijos en la nada, perdidos en la niebla. "Quiéreme", murmuré, pero un tren ya venía de regreso y mi murmullo no lo escuchaste.

Camino poco a poco; mi prisa por morir pertenece al pasado. Ya puedo disfrutar verme sobre las vías convertida en fuego, llevándome tus ojos ya muertos.

—Permítame que le cuente la historia de esta pintura —dijo un hombre a una joven que caminaba pensativa dentro de una galería de arte.

—Esta obra cuyo final parece no haber acontecido, ¿tiene una historia? —preguntó ella con la mirada en el lienzo y continuó—. ¿Es antigua?

—Muy antigua —contestó él viendo la pintura, y con un pincel en la mano dio comienzo a explicar el significado de las imágenes—. Esta silueta que se ve aquí es una mujer que está parada al borde de un abismo. Sufre un desesperado momento amoroso provocado por la distancia que la aparta de su pareja. Su pareja es este hombre que la mira desde la orilla de otro abismo. Están frente a frente, recordando las horas felices de ayer. Hoy, un profundo destino los tiene separados. 18 segundos les quedan para unirse o desaparecer por siempre. Ella, en un efímero instante, se convierte en lago para llegar a él. Tuvo un largo día para ser de agua. Es tul flotante, es tan libre que se olvida de todo. Su pareja la mira distante, como si llevara en los ojos alguna amnesia repentina y le grita "quiéreme", pero una gaviota que viene de regreso descabella el grito en el cielo y ella no lo escucha. Sintiéndose olvidado, él se arroja al precipicio para desaparecer y terminar en la nada.

—Qué extraño, me parece conocida esa historia —comentó la joven—. Realmente usted tiene más imaginación con la palabra que con el pincel, porque en el lienzo sólo están un hombre y una mujer.

—Tiene razón, aunque, si observa con atención, verá entre todos estos claros y oscuros la historia que le acabo de contar —dijo el pintor y se acercó a la joven para terminar de explicarle—. ¿Ve esta mancha en el fondo del lienzo? Es una cabina telefónica. ¿Observa este punto? Es un hombre bajo un portal. Estos 18 puntos que extienden un lago de tul, donde ella parece flotar, es el agua. ¿Ve este cordón? Es el hilo negro. Y, por último: ¿recuerda esto?

—No, señor. No veo ni recuerdo nada —dijo la joven como la cosa más natural y dejó de ver la pintura.

—Ya que su memoria no le ayuda, se lo recordaré. Y luego ni una palabra más. Somos usted y yo. ¿Comprende?

Él se retiró del cuadro, comenzando a caminar por la galería. Ella, parándose frente a él y viéndole a los ojos, le dijo:

—Maestro, sólo dígame algo. Cuando yo lo vi, usted estaba con la mirada fija en algún punto de su pintura. ¿Por qué?

—Porque me faltaba pintar una gaviota en el cielo.

—Y parecía tan absorto en sus imágenes que muy poco le importó que yo le dijera que iba de prisa por llegar al puente y arrojarme a las vías del tren.

—Es que estaba matando mi mirada en el cuadro.

—Y no nada más mataba su mirada, también los oídos, ya que no escuchó el timbre del teléfono. ¿O prefirió ignorarlo?

—¿Acaso me llamó?

—Maestro, no pensará que me iba a suicidar sin despedirme de usted.

—¿Era importante despedirnos?

—Para mí sí, pues yo sí lo amé aquella mañana que me besó al paso del tren en el puente.

—¿La besé, acaso, en los labios?

—Ay, maestro… Claro, después del puente me llevó a su hotel. Fuimos uno solo sobre su cama desordenada. Yo lo amé, me hizo feliz. ¿Ya no lo recuerda?

—No.

—Ya entiendo por qué no me escuchó cuando le dije "quiéreme". Creí por un momento que el ruido del tren acalló mis palabras, pero no. Por eso mi mente se volvió de metal mientras el puente ondulaba bajo mis pies.

—Querida, si ese romance que usted asegura fue verdad, ya pertenece al pasado; hace 18 minutos que pertenece al pasado. Ahora disfrute verme sobre el lienzo, llevándome sus ojos ya muertos, y permítame que le cuente la historia de esta pintura.

LA COSA

¡Siempre esperando que alguien vuelva a hacerle caso! Todos en la familia lo vemos sin mirarlo. Lleva tantos años en el mismo lugar que ya ni de reojo le volteamos a ver, y eso que lo queremos tanto.

Ya no es aquella novedad a la que le contábamos todos nuestros secretos, ni es aquel deseo de envolver nuestra imaginación a su lado y soportar la soledad sólo porque él estaba ahí. Era mucho más que una simple compañía.

Hemos crecido sin advertirlo. Nos pasaron los años, los diciembres y los eneros. Mi abuelita siempre dice que desde que ella era una niña, esa cosa ya pertenecía a nuestra familia. Encantada nos cuenta sus recuerdos de primavera tejiendo sentada a su lado. Mi abuelita es sumamente descriptiva y nos habla con tanto énfasis de cuando lo vio por primera vez.

El caso es, y por extraño que parezca, que de tanto verlo se convirtió en algo invisible. Siempre tan seguros de su presencia que a nadie se le ocurría ver si aún estaba allí.

Pero un día, Esperancita, la señora que ayuda a mi mamá con el aseo de la casa, lo vio tan feo y viejo que lo tiró a la basura. A punto estuvo de irse entre los tiliches; entonces, mi hermana lo vio colgando del camión de la basura y le pegó un grito al chofer: "¡Oiga! Quienquiera que lo haya tirado, es mío". Alegó y alegó con el hombre hasta que se lo dio. Ella lo puso donde le diera luz y aire y luego lo volvió a su lugar.

Cierta tarde, la prima Pepita vino exclusivamente a casa a pedirnos que se lo prestáramos. Tomé a mi mamá por un brazo, fuimos a la cocina y le dije: "No se lo vayas a prestar a esa niña voluntariosa". Ella regreso a dónde Pepita y le dijo que no. La escuincla comenzó con unos pucheros y berrinches, y no le quedó más remedio a madre que prestárselo.

Mi papá de inmediato notó su ausencia y nos puso un límite para que fuéramos por él; cada que pasaba por donde ya no estaba, nos lo recordaba.

No daba crédito al puro berrinche de una niña para que se saliera con la suya.

A mi hermano Pedro se le ocurrió ir a hablar con la tía Pepa, y al ver que él estaba entre los juguetes de la prima, lo levantó y, aclarando el valor que tenía en la familia, salió con él. La tía no dio la menor importancia a los argumentos de Pedro, al contrario, agradeció que se llevara semejante estorbo.

Ya tenemos la intención de no volver a perderlo de vista, desde luego que no. Volvió a su lugar bajo la mirada de cada uno de nosotros, porque es como un licor que nos hace soñar.

La abuela dice que le va a remendar ese cachito que se le desprendió; Pedro que lo va a restaurar; mi hermana hace planes para dejarlo como en sus buenos tiempos; mi papá ya tiene cita para llevarlo con un especialista en cosas, y mi mamá dice que con tanto arreglo ya no sería lo mismo y que mejor lo dejemos como siempre. Yo seré quien vigile que no vuelva al rincón del abandono, como si no existiera.

Esperancita sale de la cocina con un pañuelo en la nariz, lloriqueando y diciendo que afuera está una señora que insiste que él es de su propiedad y quiere que se lo regresen para continuar escribiendo todo lo inimaginable que en realidad es.

LAS CARTAS

Don Agustín,

Si usted me conoce, sabe que estoy a su altura. Recibí su carta tan desconsolada como la mía, donde me dice que me ama y ya no puede sin mí. Sin embargo, su actitud y su desconfianza me demuestran todo lo contrario; paso más tiempo sola que con usted.

Cuando yo lo conocí, nadie me había amado todavía y yo tampoco conocía el amor. Para su consuelo, y mi desgracia, ya no seré capaz de amar a nadie como lo amo a usted.

Tendré por siempre guardado su recuerdo en nuestra hija, que ignora cariño de un padre, pero, a falta de ese cariño, sobra y basta con el que yo le doy.

Adiós, mi amor. No conserve esta carta; rómpala, hágala pedazos, y si no tiene palabra que ofrecerme, no vuelva a buscarme ni a reclamarme nada.

Suya por siempre, María.

Nenita:

Veo que te mantienes en tu misma postura de no dejarme ver a nuestra hija, a lo que te concedo razón. Poco la he visto, ya que tu señora madre no me permite, ni a lo lejos, mirarla. Ese es su modo de decir que no soy aceptado en tu familia.

Ya no quiero hablarte de religión ni del temor a Dios, del cual tu madre te ha inculcado con tanto cariño. Yo pertenezco a un diferente grupo de maestros, todos ateos, aunque tú los califiques de incivilizados. Ya conoces mi manera de pensar y es de suponer, y te lo aseguro, que es un credo al que no puedo, ni quiero, renunciar.

Por lo demás, tú sabes y conoces mejor que nadie mis convicciones; sabes que soy enemigo del engaño y la mentira, que jamás pagaría tú bondad con una ingratitud. Así pues, ni remotamente pienses en que, mientras seas digna y merezcas mi cariño, te dejé por otra mujer. Quizá, con el tiempo, encuentre alguna otra que me ame tanto o más que tú, pero, en todo caso, debe caberte el orgullo, la satisfacción inmensa de que ninguna otra conseguiría impresionarme ni hacer latir mi corazón como tú lo has hecho. Menguada satisfacción, dirás tú, si dejo tu cariño por el de otra mujer, pero no. María, recuerda a este respecto que el amor jamás es simultáneo y que uno de los dos dejará de amar antes que otro. ¿Quién será? ¿Tú o yo? Para contestar esta pregunta bastará analizar nuestra conducta; bastará saber si tú tienes quejas de mí o si soy yo quien las tiene. Porque debes saberlo, a medida que surgen contrariedades y el objeto amado traiciona, el amor mengua y se llega el caso de solicitar y consentir en una separación que en otro tiempo causaría sufrimiento y penalidades insufribles. Yo quiero y me propongo ser feliz con tu amor; hacerlo tal y como puede convenir a mis aspiraciones, pero antes que todo quiero tu voluntad y cariñosa condescendencia, porque, de lo contrario, mis sacrificios resultarán infructuosos. Termino esta carta recordando tu promesa de que en lo sucesivo serás tan buena como yo lo quiero.

Tuyo.

Santo patrono:

En realidad, no puede mandarme una carta como si fuera un contrato. Habla de sus aspiraciones con mi amor tan digno y sumiso como usted lo quiere y sin tener queja de mí, sin sufrimiento, ni penalidades y sin renuncia a su credo. Y ya que habla también de orgullo, le recuerdo a nuestra hija, esta niña que, todos saben, es de usted y ni siquiera la ha llevado a dar un paseo. Ya no intente nada conmigo, y si lo desea, salga con otra, que yo haré lo mismo. Olvídeme.

María, usted es la luz de mis ojos. ¿Olvidarla? Jamás. Tendré sus manos besándolas como aquella tarde que asistió a nuestra primera cita en el parque S, y recordaré por siempre la mañana en que la vi por vez primera en la tienda. Usted me miró con sus ojos verdes y sus mejillas se sonrojaron como la niña que era.

No me olvide, por favor. No me borre de su memoria, que yo haré lo mismo, aunque mi propósito sea el olvido, mi corazón, hasta el último minuto de mi vida, vivirá por usted.

La amo y soy suyo
por siempre, Agustín.

Mi angelito Agustín:

Volver a verlo no depende sólo de voluntad propia porque ya sólo se me permite salir acompañada por mi hermana. No podemos darnos el lujo de aproximarnos demasiado, cosa que para mí bastaría con sentir su mano. Depende de usted si nos vemos con esta condición o no en el parque. Quiero creer que sí va a ir.

Suya, María.

Mi viudita:

Si estamos contentos ahora y podemos serlo siempre con sólo disimular nuestras faltas recíprocas, ¿por qué no ayudarme de alguna manera para no estorbar ni dejarnos abatir por simples obstáculos, como son los ahora surgidos? ¿Es de absoluta necesidad salir acompañados de tu hermana, sabiendo, como sabes, cuán violenta de carácter es siempre que se trata de mí? Por lo demás, yo no temo que con no verte me olvides y me traiciones; no, pero yo quiero estar a tu lado las más veces posibles para influir decididamente en tu ánimo, a fin de inspirarte un cariño intenso y verdadero, un cariño como lo he soñado y lo necesito. Porque puedo asegurarte, chiquita, que no viéndonos con la frecuencia acostumbrada volverán para mí los días terribles y necesariamente sufriría mi afecto un golpe serio, terrible, y quizá,

quizá, tendré que ahogar el cariño con otro sentimiento que no quiero ni puedes tú tampoco consentir. Porque tú me quieres de veras; porque tengo la íntima convicción de que tus mayores deseos son verme y estar conmigo; porque no puedo concebir ni remotamente un alejamiento a todas luces cruel. Sin embargo, nena, yo no quiero que mis palabras te vayan a obligar a cometer ninguna locura, y antes bien te recomiendo la mayor prudencia. Yo soy de índole fogoso: me contraria la más leve dificultad; quisiera que el camino que recorro fuera llano y al propio tiempo sueño con esas escabrosidades del terreno que hacen, a la par, dulce y amargo el necesario sufrimiento impuesto por el amor. Por eso he procurado aparecer a tus ojos con una susceptibilidad que raya en la exigencia y que, sin embargo, tú has sabido sobrellevar con ejemplar resignación, alentándome para acariciar íntimamente la tierna esperanza de llegar a inclinarte positivamente en mi favor en un futuro no lejano.

San Agustín:

En alguna parte de mi vida sólo vive usted. Sólo ahora que me he hecho el propósito de dejar de verlo acabo de comprender que todo es mucho más serio, más hondo, incluso, de lo que yo me imaginaba. Las noches las paso en vela sin tenerlo a mi lado. Sigue haciéndome falta, me hace muchísima falta. Quiero que seamos felices; su vida y la mía en un mismo destino. No le había escrito porque su horizonte y el mío son muy distintos. Quiero que sea feliz y desaparecerme para siempre y darle la libertad para que continúe con su credo, al que no quiere, ni puede, renunciar. Usted decida y seré su buena compañera y su ángel guardián. Tengo la terrible sensación de que bastaría con tender mi mano para sentirlo a mi lado. Mi bien, mi ateo, no tendré nada en su contra.

Hasta entonces y con el amor de siempre: su angelita o su diablita.

Mi peque:

En tu carta de hoy me proporcionas verdaderas enseñanzas y consuelos; me has dicho que eres mía y aún cuando entiendo los obstáculos materiales que impiden la consumación de la promesa, me alegro y siento una felicidad que no puedo describirte, y por la que te estoy sumamente reconocido. El día de hoy dices que es de felicidad para los dos, te equivocas chiquita, debe serlo más para ti que para mí, puesto que ahora precisamente he hecho votos formales por consagrarme a ti exclusivamente, prescindiendo desde hoy en más de tantas veleidades y caprichos como han llenado mi existencia en días pasados.

No sé, es decir, sí cabría decirte que el inmerecido regalo de tu fotografía, que te has servido de hacerme llegar, me halaga completamente, nena. Te doy las gracias por haberte acordado de mí, pero no quiero ni oír siquiera que te avergüenzas del escaso valor, ni de nada absolutamente. Yo estimo más que todo la voluntad tuya, pudiendo asegurarte que hasta ahora lo que más me ha contentado es la donación de tu retrato, ya que con él puedo tener, en épocas aciagas, recuerdo, al menos, de la nenita que un tiempo fue mía.

Mañana nos veremos a las cuatro de la tarde, a más tardar, en el parque de la S para ir a donde te indiqué ahora a medio día. Estarás puntual, ¿verdad?

Tuyo, Agustín.

Mi cielo, no sé si deba llamarle así:

Ya que me doy perfectamente cuenta de que estoy haciéndome el ridículo porque usted seguramente rehúye el matrimonio y anhela el amor sin compromiso. No le había contestado por la simple razón de que no tenía ganas. Uno acaba por acostumbrarse a ser libre y soberana. Y sin comentarios con respecto a nuestra mala fortuna, que no es otra que la desconfianza. Y ni duda cabe del respeto y cariño que le tengo porque nuestras vidas, sean lo que fuere, seguirán juntas. Fuimos más que amantes, más que esposos provisorios; somos almas gemelas y esto es lo principal. No soy ninguna infiel, pues le he dado esa unión íntima que sólo se da al ser amado. Desde que nos conocimos, tuvimos la desventura de no poder pagar en la misma factura su credo y la fe de mis padres. No debimos continuar con una relación que no llevaría a ninguna parte. Aquella tarde que nos costó tanto dolor separarnos, ese día, le di mi fotografía con tanta ilusión. Ahora, ¿le importaría devolvérmela? Porque cada que la mire, recordará que alguna vez fui suya.

Nenita:

Existen, sin duda, algunos matrimonios modelos y novios ejemplares. Y debo decirte, amiguita, que en eso precisamente estriba mi mal: en el conocimiento de que la felicidad en el amor es factible, que existe y, en casos, no da moras.

Tú encuentras razón a nuestra poca fortuna, pues lo atribuyes a tu carácter y decir, que eres libre y soberana. Yo estoy de acuerdo en ello y sólo creo justo y conveniente que no olvides esa confesión de tu parte, porque únicamente así podremos llegar a la meta de nuestras aspiraciones. A continuación me haces ofrecimientos y promesas, que espero habrán de realizarse, si es que estimas en algo el amor que te profeso. Por lo demás, tú sabes y conoces mejor que nadie mis convicciones; sabes que soy enemigo del engaño y la mentira.

Tuyo, Agustín.

…Años antes.

María:

Ya no puedo continuar ahogado en el silencio. Este afecto tan intenso que desde hace tiempo guardo en el corazón y que tenía la firme idea de ocultar para siempre… Pero vea usted. Tengo que romper mis propósitos para confesarle que la amo mucho, con toda mi alma, y que seré feliz si me veo correspondido. Perdone usted mi osadía y resuelva muy pronto mi felicidad.

A.

Mi angelito Agustín:

Tengo el derecho de darle una bronca conyugal. Ay, mi cielo, su táctica de llamarme hipócrita e infiel, por más dulcemente que lo haya dicho, fue razón suficiente para darme cuenta de que mejor me muero que seguir con usted. ¿Le parece ser engañado con mis nuevos pasatiempos? Yo no ando en vida paralela con otro hombre. ¿Cómo voy a andar con otro si usted ha sido mi novio eterno? "Una sola golondrina no hace verano". Le ruego no sacrifique ni religión, ni credo, ni a su santa madre; es más, ¡cólmela de dicha! No tengo por qué darle explicaciones de con quién ando y quiénes son mis amigos a los que llamó: pelados. Pero no le extrañe que, al correr de la vida, yo encuentre lo que no deseo; ni le daré el gusto de aclarar lo de la tarjeta que tantos celos le ha provocado. Con usted ya no es vivir, sino estar.

María.

María,

Antes que todo debo ser franco contigo, tal como lo he sido hasta hoy. Por lo mismo te hago saber, desde luego, que no estoy contento con la respuesta que diste a mi carta. El laconismo y obscuridad en ciertas cosas obedecerá, quizá, a la violencia con que tuviste que escribirme, y, por lo tanto, espero una mejor calificación de los incidentes surgidos.

La expresión que das, o pretendes dar, a la palabra "hipocresía" no es ni ha sido nunca tal como lo entiendes; textualmente dices: "Cuando la mujer se convence de que realmente es amada, se torna hipócrita y hace sugerir al amante con nuevos pasatiempos". Y eso no puede ser ni tomarse en tal sentido, porque estoy seguro que ninguna otra mujer pensara lo mismo que tú. Es cierto que la mujer es un enigma, y no sería yo el que pretendiera comprenderla, donde los mismos sabios han fracasado, pero a juzgar por el escaso conocimiento que he adquirido, puedo asegurarte que tu sentencia no es lógica ni aplicable a caso alguno. La mujer hipócrita es pérfida y despreciable, puede tener la doble cualidad de ocultar feo defecto y solamente en ciertas circunstancias mostrarse tal como es. La mujer hipócrita es pérfida y no pueden caber sentimientos humanos porque ella es altamente maliciosa y, en su egolatría, no concede a otros las cualidades ni méritos que ella cree tener. Por eso yo doy a tu sentencia esta variación. "Cuando la mujer hipócrita se convence de que es realmente amada, pone en juego su perfidia y deja ver luego la triste conformación de su hasta entonces disimulada hipocresía".

Ahora, volviendo al caso que nos ocupa y que tú has entendido mal, tengo que decirte que yo no he afirmado, ni quise tampoco, calificarte, desde luego, de hipócrita. El estado que guardan nuestras relaciones me da derecho a no más, sin ofenderte ni mucho menos establecer solamente una disyuntiva. Establecí un único recurso para corregir remedios extremos y, como un objeto no identificado, todavía, después de tanto tiempo de noviazgo, hay que presumir que no habiéndolo conseguido antes, probablemente no lo obtendríamos nunca.

Recuerda que ese domingo te hice conocer mis presentimientos; recuerda que te dije que muchas relaciones claudicaban, es decir, que apenas durarían días; días, precisamente, por el abatimiento que se va apoderando de mí y el que seguramente ocasiona nuestra definitiva separación.

Y créeme, ya lo siento. Lo mejor que puede dejarse a una mujer en rompimiento es un buen recuerdo, y yo temo... Tengo la convicción de que tú lo tendrás mío. ¿Por qué? Por la sencilla razón de que no conoces de mí el verdadero amor; el amor sublime que todo lo concede, lo quiere, lo consiente; el amor que vive con el ser amado, que sufre, goza, quiere y odia con él; el amor, en fin, que no mancha siquiera con la fea duda ni traiciona en lo absoluto, con un pensamiento siquiera no ya con cartas, recados, ni tarjetas, sino con declaraciones ridículas y estúpidas. Debes comprender, María, que yo no puedo conformarme con simples palabras, con promesas que se cumplen tú sabes cómo, ni puedo tampoco consentir en mentir... con nobleza y lealtad verdadera; el pago que recibo no puede ser peor. Considera mi sufrimiento al recibir cada pesar, cada desengaño y cada contrariedad que no he imaginado siquiera. Has tenido

oportunidad de conocer mi carácter sentimental y puramente amoroso; has visto
también cuán pocas veces me muestro
satisfecho y contento de ti, y eso obedece
simplemente a la diversidad de caracteres,
o que noto ya el cansancio y la vacilación
en ti.

Yo necesito una mujer buena, aunque sea
fea de cara. ¡Las censuras sociales qué me
importan! Mas si, a pesar de todo, no llego
a encontrar mujer que me comprenda,
estoy dispuesto a sacrificar ensueños y
pretensiones para buscar en mi familia la
única y verdadera felicidad: el solo amor de
la madre, que nunca traiciona, que nunca
cansa, que colma de dicha. Dispensa, no
obstante, las majaderías que te he cometido, censurando tus amistades; los he
llamado pelados sin tener la seguridad de
que lo sean. Me expresé despectivamente
de ellos sin tener en consideración que tú
los estimas, es más, quizá los quieras. Y hay
razón para ello: es lo que han declarado
y tú has tenido la bondad de aceptar sus
cortejos (sin avisarme a mí, por supuesto).
Te adjunto una tarjeta que indignamente
conservo y de la cual me apoderé en un

rayito de imbecilidad y locura, y puesto que tan grata es para ti, pues la traías constantemente contigo, en un lugar en que con su vista lo haces, en perspectiva, toda una novedad y hasta quizá un ensueño, es justo que vuelva a ti cuanto antes. Y luego dices que no te portas "cochinamente", que no hay lugar a decir que juegas con dos barajas… que no hay hipocresía.

Escucha cómo se portó conmigo una mujer tan inocente e inexperta como tú: retraído por naturaleza, ignora qué influencia o maleficio pudo ejercer en mí la… muy.

Cambio de tema… a qué decirte; ni contarte historias, que nada te interesa. ¿Verdad? Más vale continuar, si el tiempo lo permite, recibiendo sinsabores hasta tanto te resuelvas a faltarme al respeto y quieras jugar conmigo. Te advierto que eso no es falta de respeto, es sencillamente justicia. Por supuesto que no espero a que me lo digas.

¿Recuerdas cuántas veces insistí en el envío de la carta que, dices, tenías que darme? ¿Qué? ¿Has cambiado de parecer y no me la entregarías? ¿Es así como quieres someterte a mis indicaciones? De ser así, haré ya maletas.

Espero tu contestación. Agustín

Posdata: la tarjeta te la entregaré personalmente tan luego como nos veamos.

San Agustín:

Hasta mis oídos llegó el repique de campanas del templo que lleva su nombre, no precisamente para ir a misa, sino para recordarme la carta que le prometí. El último domingo que nos vimos, entendí que la relación de usted conmigo ya no existe. Usted y yo ni siquiera nos conocimos. El tiempo pasó y los años no cambiaron su credo ni la fe de mis padres. No volveré a atormentarlo con cosas emotivas, ni tengo derecho a ello. Quiero decir que haberlo conocido me parece un sueño, un algo lejano y ajeno, que, para mí, sí que fue toda una vida. Hoy caminé por el parque de la S, y tal como yo le decía:

este parque ya no será lo mismo sin ir a su lado, pues en cada hoja que mueva el aire estará escrita la mar de nuestras vidas.

Viva feliz, que por mi parte quizá algún día lo sea. Respecto a la tarjeta ya ni se preocupe en devolvérmela, la tengo grabada en el lugar donde tanto llamó su atención. Somos, y seremos por siempre, amantes sin remedio, sin futuro, lo cual me duele en el alma.

Olvídeme. ¿Cuánta sed que ya no será saciada? No hay por qué seguir con esperanzas, usted ya tiene familia y yo ya tengo tres hijas de don Eduardo, con el que tampoco me casaré porque no lo amo. Él a mí sí que me quiere, pero los celos que siente hacia usted lo hacen ser una persona intolerable. Es bueno como el pan, pero hasta el pan, por más bueno que sea, cansa. Vivo con mi mamá, que está enferma. Mi hermana Magdalena, la que le causó tanto enojo por acompañarnos cuando salía con usted, ya vive en México con sus hijos. Y ahora mi horizonte es estar sola con mis cuatro hijas, una de usted.

Nunca lo voy a olvidar, ni su voz, todo lo suyo. Nada más le diré que estoy muy triste, pero algo en mí cambió y he crecido. Así que siempre que yo tenga 15 segundos desocupados, los dedicaré a recordarlo. No por nada don Eduardo me dice: "Qué bonito suenan las campanas de Analco", a lo que yo le contesto: "Pero suenan más bonito las de San Agustín".

Suya desde siempre y
por siempre, amén.

…Nenita, ¿y si terminamos con un principio?

María:

Ya no puedo continuar ahogando en el silencio, este afecto tan intenso que desde hace tiempo guardo, en el corazón y que tenía la firme idea de ocultar para siempre; pero vea Ud.! tengo que romper con mis propósitos para confesarle que la amo mucho, con toda mi alma, y que seré feliz si me veo correspondido.

Perdone Ud. mi osadía y resuelva muy pronto de mi felicidad.

A.

tomar en consideración que tú las estimas, ó más quiera las que...
Y hay razón para ello; se te han declarado y tú has tenido la
bondad de aceptar sus cortejos, (sin avisarme á mí por supuesto)
Te adjunto una tarjeta que indignamente conservo y de la cual
me apoderé en un rapto de imbecilidad y locura, y pienso que
tan pisita es para ti pues la traes constantemente contigo
en un lugar en que con su vista ste traes en perspectiva toda
una nobleza y hasta quizá un cisma; es justo que vuelva á
ti cuanto antes. — Y luego dices que no te gustan "cochinamente"
que no hay lugar á decir que juegas con dos barajas.......
Que no hay hipocresía. —

Escucha cómo se portó conmigo una mujer tan
inocente y tan inexperta como tú: Rebeldia por naturaleza, ignoro
qué influencia ó maleficio pudo ejercer en mí la...
Cambio de intento, ¿á qué decirte en contarte historias que nada
te interesan, verdad? Más vale continuar, si el tiempo á permitió,
recibiendo sinsabores hasta tanto tú resuelvas á faltarme al respeto
que me... — Te advierto que no es es falta de respeto, es sencillamente justicia; pero supuesto que no esperaré á que me
lo digas.

Resueltas veces insistí en el envío de la car-
ta que dices tienes que darme; qué, has cambiado de parecer
y no me la entregarás? Es así como quieres someterte á mis sú-
plicas? He así llevar ya maletas.
Espero tu contestación

La tarjeta te la entregaré personalmente tan luego como
nos veamos —
Creo que si en carta deben venir obras gruesas

identificado todavía después de tanto tiempo de noviazgo y hay que presumir que no habiéndolo conseguido antes probablemente no lo obtendremos nunca.

Recuerda que el domingo te hice conocer mis presentimientos, recuérdala que te dije que nuestras relaciones claudicaban, es decir que apenas durarían ocho días precisamente por el abatimiento que se va apoderando de mí y el que seguramente ocasionará nuestra definitiva separación.

Y créeme, yo lo siento. Lo mejor que puede dejarse á una mujer en un rompimiento, es un buen recuerdo, y yo tengo, tengo la convicción de que tú no lo tendrás mío. Por qué? Por la sencilla razón de que no conoces de mí el verdadero amor; el amor sublime que todo lo cree, lo quiere, lo consiente; el amor que vive con el ser amado, que sufre, goza, quiere y odia con él; al amor en fin, que no mancha siquiera con la más leve duda ni traiciona en lo absoluto, ni con un pensamiento siquiera, no va con cartas, recados, ni tarjetas con declaraciones ridículas y estúpidas. — Debes comprender, María, que yo no puedo conformarme con simples palabras, con promesas que se cumplen tú sabes como, ni puedo tampoco constituir___ en mentir ___. ___ No he procedido siempre con entereza y lealtad verdadera, el pago que recibo no puede ser peor. Considera mi sufrimiento al recibir cada pesar, cada desengaño y cada contrariedad que no he imaginado siquiera. Has tenido oportunidad de conocer mi carácter sentimental y puramente amoroso; has visto también cuán pocas veces me muestro satisfecho y contento de ti y eso obedece simplemente á la diversidad de caracteres, ó que noto ya el cansancio y la vacilación en ti. — Yo necesito una mujer buena aunque sea fea de cara; las censuras sociales que me importan!..... Mas si á pesar de todo, no llego á encontrar mujer que me comprenda, estoy dispuesto á sacrificar ensueños y pretensiones para buscar en mi familia la única y verdadera felicidad; el solo amor de la madre que nunca traiciona, que nunca cansa y que colma de dicha. —

Dispensa, no obstante, las majaderías que te he cometido censurando tus amistades; los he llamado pelados sin tener la seguridad de que lo sean; me expresé despectivamente de ellos sin

113

María:

Antes que todo debo ser franco contigo, tal como lo he sido hasta hoy; por lo mismo te hago esta, desde luego, que no estoy contento con la respuesta que diste á mi carta; el laconismo y obscuridad en ciertas expresar obedecería quizá á la violencia con que tuviste que escribirme; y por lo tanto espero una mejor explicación de los incidentes surgidos.—

Una expresión que das ó pretendes dar á la palabra hipocresía no es ni ha sido nunca tal como lo entiendes; textualmente dices: "Cuando la mujer se convence de que realmente es amada, se torna hipócrita y hace sufrir al amante con nuevos pasatiempos."... Y eso no puede ser ni tomarse en tal sentido, porque estoy seguro que ninguna otra mujer pensara lo mismo que tú. Es cierto que la mujer es un enigma y no sería yo el que pretendiera comprenderla donde los mismos sabios han fracasado; pero á juzgar por el escaso conocimiento que he adquirido, puedo asegurarte que tu sentencia ni es lógica ni aplicable á caso alguno [...] la mujer hipócrita puede tener la hipócrita, es de nacimiento [...] feo defecto y solamente en ciertos cir- doble cualidad de ocultar [...] al es, la mujer hipócrita es pérfida y circunstancias mostrarse del [...] y no pueden caber sentimientos humanos, despreciable porque en ella [...] mezquinas y en su egolatería no con porque ella es altamente [...] ni méritos que ella crea tener. Por esa cede á otras las cualidades [...] variación: "Cuando la mujer hipócrita ya doy á tu sentencia esta [...] mente amada, pone en juego su se convence de que [...] la repugnante conformación de su perfidia y deja ver luego [...] cía.— ta entonces disimulada hipó [...] al caso que nos ocupa y que tú has con-

Ahora, volviendo [...] é que yo no he afirmado ni quise jam- saludido mal, tengo que decir de hipócrita; el estado que guardan n/ pero calificarte desde luego [...] no y más sin ofenderte ni mucho me- relaciones me dan derecho á disyuntiva en la que no podían tom- nos; establecí solamente una [...] co recurso ya para corregir compor- se indicar extremo y como [...]

114

Yesita:

    Existen, sin duda alguna, matrimonios modelos y serios ejemplares; y debo decirte enseguida, que en eso precisamente estriba mi mal: en el convencimiento de que la felicidad en el amor es factible, que existe y sus casos no son raros.—

    Tú muestras razón a nuestra poca fortuna pues lo atribuyes a tu carácter. Yo estoy de acuerdo en ello y sólo creo justo y conveniente no olvides esa enfermedad de tus pruebas, porque únicamente así podremos llegar a la mitad de nuestras aspiraciones. A continuación me haces ofrecimientos y promesas, que espero habrán de realizarse si es que estimas en algo el amor que te profeso.—

    Por lo demás tú sabes y conoces mejor que nadie mis convicciones; sabes que soy enemigo del engaño y la mentira y que jamás pagaría tu bondad con una ingratitud. Así, pues, ni remotamente pienses en que mientras seas digna y merezcas mi cariño te deje por otra mujer.— Quizá con el tiempo encuentre alguna otra que me ame tanto o más que tú; pero en todo caso debe abortar el orgullo, la satisfacción inmensa de que ninguna otra conseguirá impresionarme ni hacer latir mi corazón como tú lo has hecho.—

    Menguada satisfacción, dirás tú, si dejo tu cariño por el de otra mujer; pero no. María, recuerda a este respecto que el amor jamás es simultáneo y que uno de los dos amó primero que el otro y en consecuencia uno de los dos dejará de amar antes que otro.—¿Quién será, tú o yo?— Para contestar esta pregunta bastará analizar nuestra conducta; bastará saber si tú tienes celos de mí o si soy yo quien los tiene. Porque debe saberlo, a medida que surgen sobrexcitados y el objeto amado fracciona, el amor aminora y se llega al caso de solicitar y consentir en una separación que en otro tiempo causaría sufrimientos y penalidades insufribles.— Yo quiero y me propongo ser feliz con tu amor; hacerte tal y como puede convenir a mis aspiraciones; pero antes que todo quiero tu voluntad — y la ciñosa condescendencia porque de lo contrario mis sacrificios resultarán infructuosos.—

    Termino esta carta recordando tu promesa de que en lo sucesivo serás tan buena como yo te quiero.

                         Tuyo mientras